Weiße Kastanie

Nach fünfundfünfzig Jahren.

Ich habe dich nicht vergessen, meine kleine französische Straßenmalerin.

Ich habe nicht vergessen, wie sehr ich dich geliebt habe.

Ich habe nicht vergessen, wie sehr ich dich verletzt habe.

Ich habe nicht vergessen, wie feige und unehrlich ich war.

Ich habe nicht vergessen, wie sehr du mich geliebt hast.

Bernd Rosarius

Bernd Rosarius

Weiße Kastanie

Eine Erzählung

Bibliografische Information der Deutschen Nationalbiblio-thek:
Die Deutsche Nationalbibliothek verzeichnet diese Publika-tion in der Deutschen Nationalbibliografie; detaillierte bibli-ografische Daten sind im Internet über http://dnb.dnb.de abrufbar.

Herstellung und Verlag: BoD – Books on Demand, Norderstedt

ISBN: 978-3-7534-2318-0

Prolog

Sechs Freunde waren wir einmal.

Der Lebensraum war unser Tal,
das eigens für uns hingestellt,
bedeutend war für uns als Welt.
Ein Tal mit einer großen Wiese,
es wehte eine frische Brise.
Die Natur in Farbenpracht.
Helles Licht auch in der Nacht.
Um das Tal die Außenwand.
Der Himmel fasste ihren Rand.
Die Welt sollte ausgeschaltet sein.
Wir wollten bleiben ganz allein.
Doch der Kontakt nach draußen
blieb,
nadelfein wie durch ein Sieb,
durfte nur der Wind ins Tal,
jederzeit und allemal.
Er brachte uns die Weltenkunde,
in die abgeschirmte Runde.
Wer waren diese sechs Gesichter.
Es waren zwei der sechs als Dichter.
Ein Musikant, ein Zirkusclown.

Ein Architekt wollt Traumschloss bauen,
und als Flakschiff unserer Crew,
kam eine Malerin hinzu.
Mit Windes Lüftchen kühl,
sogen ein wir das Gefühl,
zur Befreiung unsrer Seelen,
doch ich möchte nicht verhehlen,
Träumer haben kurze Leben,
weil sie dem Traum ihr Leben geben.
Doch wir fühlten uns grandios,
machten unsere Seelen groß.
Weit empfänglich für die Gaben,
großer Kunst von großen Namen.
Für uns zählten jene Werte,
die man damals gerne hörte.
Für das Schöne, für das Zarte, für das Reine.
Nicht für das Böse, für das Schlechte und Gemeine,
So führten wir dann unsere Geister,
auf die Spuren alter Meister.
Wir alle wurden sacht geküsst,
von Wagner, Beethoven und Liszt.
Auch Literaten jener Jahre,

immer gegenwärtig waren.
Wir prägten durch ihren Lebens-
spiegel,
unseren Boheme Siegel.
Nächstens sitzend um den Ofen,
wurden wir zu Philosophen.
Unsere Lyrik nahm der Wind,
zärtlich wie ein schwaches Kind,
mit nach draußen in die Welt,
wo nur Macht zählte und Geld.
Wir sechs doch blieben unter uns,
für ein Leben mit der Kunst.
Jeder Traum findet ein Ende.
Beschwörend hoben wir die Hände.
Es brachen Steine aus der Mauer,
und die Winde wurden rauer.
Die abgestürzten Mauerbrocken,
klangen schon wie Todesglocken.
Als die Mauer nicht mehr stand,
sahen weit wir raus ins Land,
wo niemand sich zurecht mehr fand.
Wir wurden wahllos hingestellt,
in eine für uns fremde Welt.
So wie die Mauer schließlich brach,
zerbrach die Gruppe auch danach.
Einer starb danach im Ort,

alle anderen zogen fort.
Wir mussten neu das Laufen lernen,
für unseren Weg in neue Fernen.
Der Gedanke unserer Gruppe,
war das Salz in unserer Suppe.
Es ist wichtig dies zu nennen,
will man die Geschichte kennen.
Als Träumer wurden wir bezeichnet,
und waren fortan auch gezeichnet.
Still und leer war unser Tal,
für alle Zeit und allemal.
Doch treu blieb uns der Wind,
mit ihm wir stets verbunden sind.

© BR

Sechs Freunde

Wie kann man das zwischenmenschliche Miteinander besser erklären als durch den vorgeschalteten Prolog. Ich schrieb ihn an jenem Tag, als wir einen Freund zu Grabe tragen mussten. Er kam bei einem Verkehrsunfall ums Leben. Freunde zeigen eine starke Bindung, wenn sie von einem gemeinsamen Interesse getragen werden. Unsere Altersstruktur bewegte sich zwischen 18,19, und 20 Jahre. Wir hatten unsere Lehren gerade abgeschlossen und prüften unsere beruflichen Möglichkeiten in der Parallelität zu unserer komplizierten Weltanschauung. Wir trafen uns jede Woche einmal in unserer Stammkneipe „Zum Bären". Wir benebelten dort unsere Sinne mit Alkohol, wollten mit den verkrusteten Strukturen unserer Gesellschaft brechen, was den Studentenrevolten der späteren Achtundsechziger Jahre gelungen war, uns aber nicht. Wir schrieben das Jahr 1964, es war der Monat April. Da gab es den Andreas, ein geschickter Comiczeichner der später den Beruf des Grafikers ausübte. Barthold war ein Maler, der mit einem abstrakten Farbspiel neue Stilrichtungen kreierte. Er wurde an der Kunstfachschule nicht angenommen und schloss eine Lehre als Bankkaufmann ab. Peter war ein Hans Dampf in allen Gassen. Er spielte Gitarre, versuchte Lieder zu komponieren und sang so schön oder schlecht wie Willi Hagara oder Gerhard Wendland zu jener Zeit. Später verdiente er sein Geld als KFZ-Mechaniker und spielte in einer Freizeitband. Martin schrieb lyrische Briefe an eine unbekannte Schöne, eine Frau, die nur in seiner Fantasie existierte, die er aber mit fantastischen Texten bedachte, in einer blumenreichen lyrischen Sprache. Ja, dann war da noch der Pierre. Seine Mutter war Französin und sein Vater war ein deutscher Anwalt. Pierre war unser Philosoph, sensibel, nachdenklich und dennoch anders als wir alle. Er konnte über die Tische gehen, wenn es ihm danach war und er konnte eine Woche nur von Nudeln leben, die in einem Napf auf dem Boden neben seiner Zimmertür stand. Dann gab es mich noch, ich hatte die Kaufmannlehre gerade beendet, war Hobbydichter und ein Mann, der nicht wusste, was er zukünftig unternehmen sollte, also beantragte ich meine freiwillige Tätigkeit bei der Bundeswehr für den Spätherbst. Pierres Vater, ein konservativer Altnazi hatte seinen Sohn aus dem Haus geworfen, als er sah, dass sein Sprössling eine völlig andere Lebensauffassung besaß als er selbst. Pierre hatte die Schule abgebrochen, vergrub sich hinter Nietzsche und Schopenhauer und blieb ein

Einzelgänger. Unsere Gruppe nahm ihn auf und er überraschte uns mit seinen gedanklichen Konstruktionen. In der Kneipe nach einigen Bieren und ohne Vorwarnung rief er bierselig laut in die Runde „glaubt ihr an Gott?" Oder er rief uns abwechselnd morgens beim Frühstück an und konfrontierte uns mit der Frage. „Was passiert eigentlich nach dem Tod." Als sein Vater ihm Hausverbot erteilte, suchten wir gemeinsam für ihn eine neue Bleibe. Die fanden wir in der Spitze eines Kirchturms. Der kleine Wohnraum war ohne Kochnische aber dafür mit einer viel zu kleinen Toilette auf dem Treppenabsatz. Die Monatsmiete betrug achtzig Mark und wurde von seinem Vater bezahlt, der ihn aber dort nie besuchte. Wir Freunde waren regelmäßig bei ihm und es fiel uns schlanken, sportlichen jungen Männern nicht schwer, die ellenlange Wendeltreppe in dem Kirchturm zu besteigen. In seinem Zimmer lagen die Bücher auf der Erde und wir mussten über diverse vollgeschriebene Zettel steigen, damit wir eine freie Sitzecke fanden. Schränke und Regale gab es nicht. Die Platte eines Grabsteins war sein Tisch. Die Schale mit seinen Nudeln stand auf dem Bett und seine wenigen Klamotten hingen über dem Rückenteil eines primitiven Küchenstuhls. Wenn wir ihn besuchten, saßen wir alle auf der Erde. Eines Tages bekamen wir eine Vorladung von der örtlichen Polizei. Man verhörte uns sehr intensiv, ob wir etwas mit Rauschgift zu tun hätten. Wir verneinten diese Annahme vehement, denn niemand von uns hatte etwas damit zu tun, so glaubten wir. Die Polizei teilte uns mit, dass der Küster der Kirche unseren Freund Pierre tot in seiner Wohnung gefunden hätte. In seinem Körper seien Rauschmittel festgestellt worden. Wir waren schockiert schier entsetzt, denn wir glaubten uns alle gut zu kennen. Auf einen Zettel hatte Pierre noch kurz vor seinem Tod gekritzelt „ich glaube, das war es." Er musste gewusst haben, was ihm bevorstand. Wir befreiten uns mit Erfolg von dem Verdacht des Rauchgiftbesitzes und man nahm an, dass Pierre heimlich diese Mittel zu sich genommen hatte. Im Nachhinein erklärte dieser Umstand auch sein eigenartiges Verhalten, das wir als sein Naturell angesehen hatten. Lange trauerten wir um unseren Freund und ich schrieb später über ihn ein Gedicht mit dem Titel „die Ballade von Willem." Mit seinem Vater sprachen wir kein Wort mehr, denn er hatte die Rauschgiftsucht seines Sohns auf unsere Freundschaft geschoben. Zum ersten Male spürten wir Verlustängste. Pierres Tod ging uns sehr nahe und wir fingen an für ihn Gedichte zu schreiben, Lieder zu komponieren oder Bilder zu malen.

Wir sprachen mit ihm und über ihn, wenn wir zusammensaßen. Wir bestellten ein Bier in unserer Kneipe und stellten das Glas auf den Tisch vor seinem Stammplatz. Er war immer gegenwärtig und er wurde für uns zu einer Identifikationsfigur. Zu jener Zeit, das muss ich gestehen, wurde die Droge Haschisch zu einem Konsumgut. Fast jeder Mann oder Frau in unserem Alter versuchte, sich mit der Einstiegsdroge Haschisch für das Leben zu motivieren. Ich war Zigarettenraucher und es klangen mir die Worte meines Vaters noch im Ohr. „Es reicht, wenn du ein süchtiger Raucher bist, aber unterschreibe nie einen Wechsel und nimm keine Drogen. Beides kann dein Leben zerstören." Ich blieb ein Raucher und konsumierte in meinem Leben nie eine Droge. Andreas allerdings war diesem Motivationsschub, wie er es nannte erlegen, auch seine Gefährtin machte aus der

Einnahme keinen Hehl. Ich werde nie vergessen, wie sie mich beim Tanzen in einer Souldiskothek fragten „sind wir noch im Tritt?" Sie schienen über die Tanzfläche zu schweben, setzten sich auf die Erde, umarmten und küssten sich und riefen, wie schön das Leben doch sei. Pierre schien ohne unser Wissen, statt Haschisch heimlich zu stärkeren Mitteln gegriffen zu haben. Nun waren wir noch fünf Freunde. Vier Freunde sollten es bleiben, denn unerträglich war für uns die Nachricht, dass Martin bei einem Verkehrsunfall ums Leben gekommen ist. Er hatte gerade seinen Führerschein gemacht und hatte den Wagen seines Vaters auf regennasser Straße mit überhöhter Geschwindigkeit vor eine Betonmauer gefahren. Er war sofort tot. Pierre und Martin verließen uns in kurzen zeitlichen Abständen. Wir Vier rückten enger zusammen und passten auf, dass uns die Erinnerung an unsere Freunde nicht verloren ging. Ich übernahm Martins lyrische Briefe und schrieb selbst fortan für Freunde und Bekannte Liebesbriefe, die ich mit Zigaretten bezahlt bekam. Peter hatte sich auch etwas verändert. Seine Musik wurde ernster, getragener und melancholischer. Andreas und Barthold hatten sich nicht verändert. Sie schienen Schicksalsschläge zu verdrängen. Sie sagten immer. „Wir sind zu jung, um zu trauern." Barthold, Andreas, Peter und ich wollten eine andere Wirklichkeit, eine Welt, die keine Kriege oder Krisen kennt, eine Welt die sich das Edle, das Schöne zu eigen macht. Eine Welt, in der wir leben konnten, ohne die Rute des vergangenen Naziregimes auf unseren Rücken spüren zu müssen. Wir waren Tagträumer und wurden nicht selten als Spinner bezeichnet.

Traum oder Wirklichkeit

Wir Freunde schufen uns eine eigene Welt. So oft es ging saßen wir zusammen und redeten. Wir vertieften die Diskussionen bei manch starkem Kaffee, bis wir schon den Kaffeesatz schmecken konnten. Unsere Themen waren so vielschichtig, dass uns der Stoff nie ausging. Es gab keinen Streit, wir akzeptierten die Meinung des anderen und versuchten mit Gegenargumenten zu überzeugen. Wir waren aber auch nicht weltfremd. Unsere Freudinnen nahmen zeitweise an unseren Abenden teil und ihre Gegenwart belebte unsere kleine Gruppe, weil auch deren Meinung für uns wichtig war. Wenn wir über unser Leben philosophierten, dachten wir zwangsläufig auch an unsere Zukunft. „Wir müssen Geld verdienen" warf ich in die Gesprächsrunde ein und erschrocken sahen mich meine Freunde an. „Ja" sagte ich „schaut doch nicht so ungläubig, oder wollt ihr vom Geld Eurer Eltern leben? Wir haben doch alle jetzt einen Beruf." Peter rief „aber das macht uns keinen Spaß. Das füllt uns nicht aus." Unrecht hatte Peter nicht, als wir uns für einen Beruf oder ein Studium entscheiden sollten, wusste niemand von uns was wir wirklich wollten. So nahmen wir die Angebote an, die uns die Eltern unterbreiteten. Nein, so richtig glücklich waren wir nicht. Andreas, der in einer Ecke saß, unseren Gesprächen lauschte, regte sich jetzt. „Warum nehmen wir keine Auszeit und verschwinden?" Wir waren verblüfft und wussten nicht so recht, was wir mit dieser Aussage anfangen sollten, Als könne er unsere Gedanken lesen sagte er „ich meine es ernst. Lass uns eine Auszeit nehmen und lasst uns reisen, weg aus Deutschland." So langsam weiteten sich seine

Augen, seine Wangen erröteten, das war ein unverkennbares Zeichen für plötzlich aufkommende Begeisterung. Wir kannten seine Reaktion schon und wussten, dass er jetzt zur Hochform auflaufen würde. „Ja, wir haben alle einen Beruf. Wir sind jung, keine Bindungen, keine Verpflichtung Anderen gegenüber, warum können wir uns nicht selbst beweisen. Lasst uns raus aus der Enge. Zeigen wir uns selbst, zu was wir in der Lage sind. Legen wir die Fesseln ab und schwimmen wir uns frei. Weg von hier, raus aus Deutschland für ein halbes Jahr." Es war nicht so, dass alle aufsprangen und ihm den Vogel zeigten. Jeder blieb auf seinem Stuhl sitzen und schwieg. Ich überlegte kurz, da ich meine Ausbildung im März beendet hatte und erst frühestens im Oktober bei der Bundeswehr anfangen konnte, wäre demnach eine halbjährige Auszeit möglich. Ich meldete mich auch sogleich zu Wort: „Keine schlechte Idee, oder positiv ausgedrückt, es ist eine sehr gute Idee. Ich wollte immer gerne auf den alten Handelsweg nach Indien. Dabei handelt es sich um die Seidenstraße. Sie verbindet drei Kulturräume Iran, Indien und China. Auch das Sowjetreich wird unmittelbar tangiert." Barthold schüttelte den Kopf und antwortete. „In der politisch unsicheren Zeit jetzt durch Krisengebiete zu reisen? Wie stellst du dir das vor?" „Deine Bedenken sind begründet" unterbrach ich ihn „das war nur meine Wunschvorstellung. Wir könnten auch im Kleinen, im Überschaubaren anfangen, in Rom, in Mailand oder Paris." Nun stand Peter auf, fuchtelte mit seinen Armen hin und her, bis er ausrief „und wie stellst du dir das Leben dort vor? Hast du genügend Geld, um dein Leben zu finanzieren? Ich habe es nicht." „Aber Peter" rief ich laut „wir könnten uns dort eine Hilfsarbeiterstelle suchen, um etwas Geld zu verdienen. Außerdem sind wir Künstler und können Menschen unterhalten. „Der Ideengeber Andreas erhob sich schwerfällig, fasste mit beiden Händen an den Hosenbund, zog diesen mit einem Ruck nach oben und lachte. „Paris, Freunde. Lasst uns nach Paris fahren. Wir sind eine Boheme und versuchen unser Glück auf Montmartre. Verschieben wir unsere berufliche Zukunft um ein halbes Jahr. Ich habe noch einen alten Bulli, den rüsten wir auf und fahren nach Paris. Wenn wir dazu in der Lage sind, können wir auch später den alten Handelsweg nach Indien suchen und dann rufen wir, ade du alte verstaubte Kapitalistenwelt." Wenn er wollte, konnte Andreas leidenschaftlich reden und auch überzeugen. Jedenfalls waren wir begeistert, nun das Richtige gefunden zu haben. Unsere Väter fanden die Idee gut und mein Erzeuger stach mit seiner Begeisterung hervor. „Junge, weh dir den Wind um die Nase. Lerne die Welt und fremde Sprachen kennen und komm als ein gereifter und gestandener Mann zurück." Ähnlich argumentierten auch die Väter meiner Freunde, nur unsere Mütter dachten anders. In der Gesellschaft damals widersprachen die Frauen ihren Männern kaum. Sie erhoben zwar den Zeigefinger, zeigten mütterliche Sorge und Ängste aber segneten schließlich alle Pläne ab. Erstaunlicherweise stellten unsere Väter auch ein beträchtliches Kapital zur Verfügung, damit hatten wir nicht gerechnet. Unsere Väter standen uns bei der Planung beratend zur Seite, aber wir wollten es allein schaffen. Den Bulli rüsteten wir zu einem Campingbus um. Um den vorderen und hinteren Teil des Wagens installierten wir einen Abstandshalter zum Wildschutz. Unsere Erste-Hilfe-Kurse mussten reichen, um notfalls ärztliche Versorgung zu gewähr-leisten. Auf dem Bulli platzierten wir Säcke mit lebensnotwendigen Utensilien, sei es Schlafsäcke, Kochgeschirr, Wasserbehälter oder Kühltaschen. Platz benötigten wir innerhalb des Bullis für uns selbst. Nachdem innerhalb einer Woche alle Vorbereitungen abgeschlossen waren, starteten wir in unser neues Abenteuer. Auf nach Paris! Hallo Paris, wir kommen. „War es ein Traum oder war es die Wirklichkeit? Erst als wir auf der Autobahn waren wussten wir, dass wir einer unsicheren Zukunft entgegenfuhren.

Montmartre

Zweimal übernachteten wir auf einem Campingplatz, bis wir Paris erreicht hatten. Andreas unser Lockenkopf schien auf jedem Campingplatz unser gemeinsames Ziel aus den Augen zu verlieren. Vielmehr fand er alle dort ansässigen Mädchen schön, liebte es mit ihnen zu kokettieren und wollte seinen Aufenthalt verlängern. Mit sanfter Gewalt schoben wir ihn wieder in den Bulli, um am nächsten Tag dasselbe zu erleben. Mädchen wirkten auf ihn schon immer anziehend und bedeutend. Er konnte sich auch kaum vor dem weiblichen Geschlecht retten. Er war mit seinen blonden Locken, seiner kommunikativen Art und seinen blauen Augen das passende Beuteschema für die Mädchen und er genoss es sichtlich. So mussten wir ihn hin und wieder vor allzu viel weiblicher Angriffslust schützen. In Paris angekommen wurde das Autofahren zu einer echten Herausforderung. Als Fahrzeugführer lösten wir uns ab und ich hatte die große Freude im Zentrum von Paris fahren zu dürfen. Die Avenue des Champs-Élysées hinaufzufahren, um am Ende an der Place Charles-de-Gaulle die Ausfahrt zu finden, war nur mit Konzentration und Schweißperlen auf der Stirn zu bewältigen. Es gelang mir nicht beim ersten Mal, weil die Nebenstraßen dicht befahren waren und hinter mir die Nachfolgenden lautstark hupten. Es dauerte eine ganze Weile, bis wir endlich das Zentrum verlassen konnten und unmittelbar in der Nähe der Seine einen Parkplatz fanden. Wir waren froh, endlich in der Stadt unserer Träume zu sein, die wir nun zu Fuß entdecken wollten. Wir bewegten uns wie Touristen und gingen zuerst nach Montmartre. Wir versäumten allerdings unser

Dachgepäck in das Wageninnere zu verstauen. Als wir nach unserem ersten Ausflug zum Parkplatz zurückkehrten fehlten zwei der verschnürten Säcke aus dem Dachgepäck. Es war unser Dosenfutter als Lebensmittelvorrat und unsere Schlafsäcke. Montmartre ist der Name eines Hügels im Norden von Paris Auf dem Hügel des Gipfels steht die weit sichtbare Basilika Sacré-Cœur. Montmartre war in dem neunzehnten Jahrhundert ein reines Künstlerdorf. Zu unserer Zeit stellten Künstler hauptsächlich ihre Werke für Touristen aus, weil sie vom Verkauf bescheiden leben konnten. Da die Basilika auf der Spitze des Hügels steht, führt einerseits eine Seilbahn nach oben, andererseits aber kann man die berühmte Treppe begehen, für die man schon Kraft und Ausdauer benötigt, um sie problemlos zu erklimmen. Der Place du Tertre (dt. Platz des Erdhügels) liegt ca. 200 m westlich von Sacré-Cœur entfernt und gilt als das Herz des Stadtteils Montmartre. In diesem Umfeld wollten wir unser neues Zuhause finden, aber wie? Unsere erste Nacht im Campingbus auf einem Parkplatz war nicht unser erwünschtes Ziel für eine Willkommenskultur in Paris, aber es war mangels Alternative eine Notwendigkeit Da wir keinen Zugang zu einer Waschgelegenheit hatten, mussten wir uns mit dem spärlichen Wasser aus dem Reservekanister begnügen, um uns die nötige Frische zu geben. „Wo ist Andreas" rief ich fragend und Peter antwortete „Er holt Weißbrot." Gerade als wir frühstücken wollten, vernahmen wir draußen Andreas Stimme, begleitet von weiblichem Gelächter. Wir Drei sprangen aus dem Wagen und was wir sahen, verschlug uns die Sprache. Unser Andreas stand dort gut gelaunt, ohne Weißbrot aber mit zwei Mädchen im Arm. „Darf ich vorstellen" rief er freudig „der blonde Schatz an meiner rechten Seite ist Lilou und der schwarze Schatz an meiner linken Seite ist ihre Schwester Lina." Beide Mädchen winkten vergnügt. „Wo ist das Weißbrot?" fragte ich dümmlich, weil mir nichts Besseres einfiel. Andreas schüttelte den Kopf. „Weißbrot? Hier reinzubeißen…" Dabei zeigte er auf das blonde Mädchen an seiner Seite „…hat mehr Nährwert." „Wo hast Du sie gefunden?" wollte Peter wissen. „Ich habe sie nicht gefunden, sie haben mich gefunden. Nun passt mal auf. Die beiden haben eine Unterkunft für uns. Sie leben mit anderen Nationalitäten in einem alten Haus. Ein Zimmer ist frei und dort können wir wohnen. Lasst alles liegen und kommt mit." Ich war skeptisch und flüsterte Andreas zu „kannst du ihnen vertrauen?" Der Angesprochene reagierte nicht auf meine Frage und rief. „Nun kommt, folgt mir." Lilou und Lina waren Französinnen mit deutschen Wurzeln. Sie konnten etwas deutsch, es machte die Kommunikation einfacher. Andreas wollte beim Bäcker um die Ecke Weißbrot kaufen und orderte das Gewünschte in Deutsch. Die beiden waren zugegen und kamen mit Andreas ins Gespräch, das war alles. Nun waren wir sechs auf den Weg in ein unbekanntes Heim. So uneigennützig handelten die Damen nicht, wie sich später herausstellte. Sie konnten ihre Miete nicht mehr bezahlen und suchten schlicht und einfach Mitbewohner. Das Haus sah von außen nichtssagend aus. Der Anbau nach hinten war groß und geräumig und bot insgesamt sechs Zimmer an. Als wir das Haus betraten kamen uns immer wieder Menschen entgegen, die wohl aus Afrika, Indien oder auch aus Russland stammten. Die Frauen sprachen mit einem stattlichen Herrn und diskutierten mit ihm intensiv. Er war wohl der Verantwortliche für dieses Anwesen. Erst schüttelte er den Kopf, dann begrüßte er uns mit Handschlag. Die Mädchen verschwanden und kamen kurz darauf mit ihren Habseligkeiten zurück. Lilou sagte „Die Wochenmiete beträgt sechzig DM. Zehn DM pro Person." „Wir sind aber nur 4 Personen" antwortete ich. Lilou lachte „mit uns beiden sind es sechs." Kurzum, wir befanden uns in einem großen Raum. Jeder von uns hatte an einer Wandseite Platz und konnte seine Luftmatratze ausrollen. Die Reservematratzen waren uns gestohlen worden, aber wir besaßen ja unsere Hauptmatratze. Sonst gab es nichts in diesem Raum. Die beiden Mädchen schoben ihre aufklappbaren Betten herein und freuten sich, dass wir die Miete bezahlen durften. Auf jeden Fall hatte sich Andreas die blonde Lilou reserviert und was war mit ihrer Schwester, der schwarzhaarigen Lina?

Sie machte keinen Hehl daraus, dass sie sich für Berthold interessierte, und das gab sie ihm deutlich zu verstehen. Berthold war kein Kind von Traurigkeit und nahm sich der Dame seriös, aber eindringlich an. Peter und ich waren nicht enttäuscht, dass wir dem Beuteschema nicht entsprachen. So lebten wir in einer Kommune. Sie hatte ihren Reiz, denn alles Neue saugten wir gierig auf. Abends wurde das spärliche elektrische Licht aus Sparmaßnahmen abgeschaltet und wir stellten Kerzen auf. Peter nahm seine Gitarre spielte und sang unser Lied „kein Land kann schöner sein…" Wir stimmten mit ein. Dieser Chorgesang, das Kerzenlicht und die Leichtigkeit unseres Seins waren emotionale Momente. Etwas störend erwies sich nächstens das Liebesspiel unserer beiden Pärchen, die das offen praktizierten aus Mangel an Rückzugsmöglichkeiten Es war eine gespenstische Szenerie. Zwei Pärchen, die sich liebten, Peter der sie mit leiser Gitarrenmusik begleitete und ich, der versuchte zu schlafen. In der Mitte des Raumes brannten zwei Kerzen. Am nächsten Tag suchten wir die nächstliegenden Geschäfte auf. Auf Monmartre gab es alles, vom Antiquitätenhandel bis zum Resteverkauf. Wir versorgten uns mit einem Tisch, Stühle, neues Geschirr und einen Gummibaum als Zimmer- schmuck. Wir füllten unsere Gefrierta- schen mit Nahrung, installierten ein Taschenradio und wuchsen in unserer Kommune immer enger zusammen. Es waren friedfertige, harmonische Wochen. Wir hatten das Geld, konn- ten einkaufen und für etwas Lebens- qualität sorgen. Wir waren aber nicht realitätsfremd. Wir wussten, dass ir- gendwann der Lagerkoller uns heim- suchen würde und wir deshalb vor- beugen mussten. Auf ewig konnten wir diesen Zustand nicht erhalten. Wir dachten auch an unsere Barschaft. Geld vermehrte sich nicht von allein. Wir wollten uns eine Tätigkeit suchen, um Geld in die gemeinsame Kasse zu tun und unsere Reserven festzuhalten. Gegenwärtig waren wir froh, diese Lösung gefunden zu haben. Hin und wieder löste ich mich von der Gruppe und ging allein die Treppe zur Basilika empor und wieder zurück. Am unteren Ende der Treppe stand ein großer Baum, deren weitreichende Zweige nicht nur Schatten spendeten, sondern wie das Dach eines Hauses Schutz boten. Darunter standen zwei Bänke zur Erholung, wenn man die Treppe glücklich hinter sich gelassen hatte. Ich setzte mich auf eine dieser Bänke und genoss das Alleinsein, endlich hatte ich ein wenig Privatsphäre. Von der Bank schaute ich auf den Place du Tertre und auf das hektische Treiben. Ich sah ein Gemisch aus Touristen, Künstler, Clochards, Huren und Gendarmen. So hatte ich mir Paris immer vorgestellt, bunt, weltoffen und genauso wie es der Maler Toulouse-Lautrec in seinen Bildern dargestellt hatte. Ich konnte die Zeit auf meiner Bank genießen. Dazu brauchte ich meine Freunde nicht. Ich war allein mit meinen Gedanken und sah dem illustren Treiben der Menschen zu. Was aber taten meine Freunde? Sie versuchten, jeder auf seine Weise eine bezahlbare Tätigkeit zu finden. Peter traute sich nicht, sich mit Hut und Gitarre auf die Straße zu setzen. Berthold kümmerte sich mehr um sein Mädchen. Andreas sollte in einer Großgärtnerei bei der Errichtung von Zäunen helfen. Er fand dieses Jobangebot für seine zarten Hände nicht passend. Ich versuchte es erst gar nicht. Irgendwie kamen wir nicht in die Strümpfe. Unsere Ersparnisse neigten sich dem Ende zu und die Stimmung in unserer Gruppe wurde immer ge-

reizter. Es war auch nicht weiter ver-
wunderlich, wenn sechs Menschen in
einem Raum leben mussten. Zum ersten Mal brüllten wir Freunde uns an.
Peter war genervt und sagte zum Andreas. „Langsam nervt es mich, Euch
ständig beim Liebesspiel zugucken zu
müssen, wir brauchen eigene Zimmer
und wenn ihr das nicht wollt, suche
ich mir allein etwas." Unsere Nervosi-
tät übertrug sich auch auf die Schwes-
tern, die sich immer häufiger auswärts
befanden und nur noch zum Schlafen
in unseren Raum kamen. Auch Berthold und Andreas waren von ihrer
holden Weiblichkeit nicht mehr ganz
so überzeugt, denn die beiden Damen
taten nichts. Sie gingen spazieren, besuchten Freunde und wenn sie zu-
rückkamen, leerten sie mit Begeisterung unsere gefüllten Eistaschen.
Auch auf dem kleinen Gaskocher
konnten sie keine Suppe aus der Dose
erhitzen, aber dafür präsentierten sie

uns ihre Wünsche und stellten Forderungen. „Schmeiß sie raus" knurrte Peter und ich erwiderte „das geht doch nicht, sie haben uns das Wohnen hier ermöglicht." Peter verließ das Haus mit den Worten „dann macht doch euren Scheiß allein, ich habe genug." Nie hatte ich die Möglichkeit in Erwägung gezogen, dass wir Freunde uns streiten. Ich lief Peter hinterher und versuchte ihn wieder auf Linie zu bringen. Es gelang mir allerdings nur halbherzig. Die Stimmung unter uns war sehr gereizt. Ich eilte meistens nach draußen zu meiner Bank und war enttäuscht, wenn sie besetzt war. Die Diskrepanzen in unserer Gruppe wurden größer und das Kapital schwand. Selbst ein positiv denkender Mensch wie Andreas erreichte die Grenze der Belastbarkeit als er sah, dass unser Kapital nicht mehr für eine Woche reichen würde. Eines Abends sagte er: „Was wir jetzt hier erleben, hatten wir nicht geplant. So funktionieren wir in Paris nicht. Entweder brechen wir hier unsere Zelte ab und fahren nach Hause oder wir verkaufen den Bulli, damit wir wieder etwas Geld haben und suchen uns in Paris richtige Arbeit." Er wandte sich an die Mädchen. „wir hatten Spaß miteinander gehabt, aber ihr seht selbst in welchem Dilemma wir uns befinden. Lasst uns das Kapitel beenden, bitte zieht aus. Wir werden in Kürze das Zimmer hier räumen." Als wenn die Mädchen mit dieser Nachricht gerechnet hatten, so zeigten sie doch Haltung und nickten zustimmend. Wir verkauften unseren Bulli, erzielten dafür einen guten Preis und füllten unsere Geldsäckchen wieder auf. „Ohne Fahrzeug kommen wir nicht weiter" sagte Berthold traurig und ich meinte etwas ironisch. "Wir haben doch gesunde Beine und irgendwann fahren wir auch wieder Auto." Nun wollten wir uns ernsthaft um einen Job kümmern.

Und dann kam sie

Es war an einem warmen Sommermorgen als ich wieder einmal hemdsärmelig auf der Bank unter diesem herrlichen Baum saß. Plötzlich husche ein Schatten an mir vorüber. Ich hätte ihm weniger Beachtung geschenkt, wenn ich nicht diesen Duft, wie eine Prise Extrasauerstoff inhaliert hätte. Es war ein Duft, der in der Luft zu stehen schien und meine Sinne benebelte. Ich konnte diesen Schatten nur noch von hinten wahrnehmen. Ich schaute auf die Uhr, es war zehn Uhr morgens. Am nächsten Morgen befand ich mich kurz vor zehn auf meiner Bank, um abzuwarten, ob dieser Schatten wieder oder mit schöner Regelmäßigkeit an dieser Bank vorbeilaufen würde. In der Tat trat nun kein Schatten mehr ans Licht, sondern ein Mensch. Eine junge Frau, schlank, zu einem Zopf gebundenes schwarzes Haar. Ihr feingeschnittenes Gesicht mit dieser kleinen nach unten gebogener Nase und der hohen Stirn strahlte Freundlichkeit aus. Sie passte zu dieser frühmorgendlichen Wetterlage. Mit der linken Hand hielt sie krampfhaft einen Korb fest. Bevor ich weitere Einschätzungen vornehmen konnte, entschwand sie aus meinem Sichtfeld. Nur der unnachahmliche Duft blieb mir für Minuten noch erhalten. Wieder saß ich am nächsten Tag zur gleichen Zeit auf der Bank und wieder trat diese junge Frau in meinen Dunstkreis und hinterließ in meinem Kopf und meiner Seele Spuren. Dieses Szenarium wiederholte sich Tag für Tag. Mittlerweile begegneten sich unsere Augen und mittlerweile erkannte auch sie, dass sie nicht mehr unbeobachtet an meiner Bank vorüber gehen konnte. In dem Korb sah ich Stifte und kleine Farbtöpfe und ein Gefäß mit

Wasser. Nach tagelanger Beobachtung konnte ich nicht mehr an mich halten und rief ihr an einem der Morgen zu. „Hello, you understand German or English, please stay standing." „Warum?" rief sie lachend und lief weiter „ich verstehe etwas deutsch. „Diese Stimme, die Gestik, die Aura, dieser Duft, sie war mein Paris. Sie wurde plötzlich zu meinem fraulichen Idealbild und begleitete mich durch meine Träume. Auf meine Freunde wirkte ich verändert und ich antwortete nicht auf ihre permanenten neugierigen Fragen. Ich saß wieder auf meiner Bak und zählte die Minuten, bis sie wieder in das Licht meines Lebens trat. Diesmal blieb sie stehen und sagte: „Hast du nichts zu tun? Dann trag meinen Korb und komm mit." Wie von einem Dämon besessen erhob ich mich, nahm ihr vorsichtig den Korb aus der Hand und begleitete sie, ohne den Kopf von ihrer Seite zu nehmen.

Ich musste sie ansehen, ununterbrochen und konnte den Blick nicht von ihr lassen. Es gibt so etwas wie Liebe auf den ersten Blick, ist selten aber doch oft genug geschehen. Sie war die Frau meines Lebens, sie wollte ich. Dieses unendlich schöne Bildnis war entweder der Höhepunkt meines jungen Lebens oder ein Sturz in unendliche Tiefen. Ich begleitete sie zu dem Place du Tertre. Sie blieb vor einem halbfertigen Heiligenbild auf der Straße stehen, nahm mir den Korb lächelnd aus der Hand und zeigte auf die andere Straßenseite und sagte „dort steht auch eine Bank und du sitzt direkt unter einem Kastanienbaum. Ich liebe Kastanien." Wenn sie gesagt hätte, spring in den Brunnen hätte ich es auch getan. Ich war nicht mehr Herr meiner Sinne und folgte ihrem Rat, mich unter diesen Kastanienbaum zu setzen. Von dort konnte ich sehen, wie sie aus ihrem Korb ein

Kissen nahm, um darauf zu knien. Sie stellte den Wasserbehälter und die Farbtöpfchen daneben. Sie stellte einen Teller vor sich auf die Erde und fing an, das Heiligenbild zu bemalen. Hin und wieder sah sie lächelnd zu mir rüber. Menschen gingen an ihr vorbei oder blieben stehen, sahen zu wie sie malte, warfen etwas Hartgeld auf ihren Teller und nickten anerkennend. Ich blieb den ganzen Tag dort sitzen, bis sie ihre Habseligkeiten in den Korb verstaut hatte und zu mir rüberkam. „Was willst du von mir?" Ich sah sie an und flüsterte. „Dich will ich. Du bist mein Traum, meine schlaflose Nacht. Ich kenne dich nicht und doch hast du mich gefangen genommen. Siehe zu wie du damit fertig wirst." Sie lachte, zog mich mit einer Hand von der Bank, gab mir ihren Korb und sagte: „Begleitest du mich nach Hause?" Ihr Name war Lily Petit. Sie war neunzehn Jahre jung, so glaubte sie es jedenfalls. Genau kannte sie ihr Alter nicht. Als sie geboren wurde, starb ihre Mutter. Ihr Vater war ein one-night stand der Mutter und er wusste wohl nichts von der Existenz der Tochter. Eine Krankenschwester kümmerte sich um das Baby, bis sie aus dem gröbsten heraus war und zur Adoption frei gegeben werden konnte. Den Zuschlag erhielt ein Ehepaar, das mit sich selbst nicht zurechtkam. Sie waren zerstritten, trennten sich und wollten auch mit dem Kind nichts mehr zu tun haben. Lily kam in ein Heim und wurde dort von einer deutschen Erzieherin betreut. Diese treusorgende Frau erkannte die zeichnerischen Anlagen ihres Schützlings und wollte sie fördern. Allerdings erhielt sie nicht das Sorgerecht für das Mädchen und musste die Entscheidung über Lilys Zukunft anderen Menschen überlassen. Die Erzieherin war so enttäuscht, dass sie über Nacht auf Nimmerwiedersehen verschwand. Auch Lily lebte von nun an auf der Straße und verdingte sich als Straßenmalerin. Den Vornamen Lily erhielt sie noch von ihrer leiblichen Mutter. Den Nachnamen Petit gab sie sich später als Künstlernamen selbst. Ihre kleine Wohnung war gewöhnungsbedürftig. Es roch stark nach Farbe und überall standen Farbtöpfe und eingetrocknete Pinsel herum. Farbkleckse befanden sich an der Tapete, auf dem Tisch und an den Sitzflächen der zwei Küchenstühle. Ihre schlanken Finger drückten die aktuellen Pinsel in einem Wassereimer aus und dann wurde das Malgerät auf die Fensterbank zum Trocknen gelegt. „Ich kann dir nur Wasser oder Tee anbieten" sagte sie. Ich schüttelte den Kopf. „Danke alles ist gut, lass dir Zeit, ich schaue dir zu." Sie bot mir Stangenweißbrot mit Kräuterbutter an. Wir redeten nicht viel. Sie bereitete ihr Arbeitsmaterial für den nächsten Tag vor und ich rümpfte die Nase, weil mich diese krankmachenden Farbdüfte einfach nur entsetzlich störten. Ich ließ mir nichts anmerken. Wir trennten uns an diesem ersten Abend als gute Freunde, um am nächsten Tag wieder gemeinsam vor dem Heiligenbild zu stehen und unter dem Kastanienbaum zu sitzen. Wie schon zuvor trug ich ihren Korb nach Hause. Tagelang das gleiche Ritual. Ich wollte keinen Tag und keinen Abend mehr ohne sie sein und dennoch musste ich wieder zurück in die WG. Meine Freunde wollte ich aufklären. Lily war von nun an mein Leben. Gerade als ich wieder einmal die WG betrat, sah ich meine Freunde erwartungsvoll in einer Reihe sitzen. Andreas sagte: „Schön, dass du auch einmal wieder bei uns bist. Deine Kleine ist niedlich, aber was machst du, wenn wir weiterziehen wollen?" Ich lachte „Freunde, das wollte ich euch sagen. Ich bleibe hier. Ich liebe diese Frau." Peter schüttelte den Kopf und knurrte „Du kennst die doch nicht. Worauf lässt du dich ein?" „Ich liebe diese Frau" war meine stereotype Antwort und Andreas ergänzte. „Sie ist eine Straßenmalerin, was erwartest du von ihr?" Langsam wurde ich ärgerlich „sitze ich hier auf der Anklagebank. Es ist meine Entscheidung." Wortführer Andreas sprach: „Wir können und wollen nicht mehr. Unser Bulli ist weg, das Geld nimmt ab und wir bekommen keinen vernünftigen Job. Als Freunde streiten wir uns und unsere gemeinsamen Pläne lösen sich in Luft auf. Unsere Leidenschaft geht zu Ende, zurück bleibt nur die Enttäuschung. Wir haben unsere Väter angerufen und sie gebeten, uns telegrafisch Geld für die Rückfahrt zu schicken. Wir fahren nach Hause. Was machst du?" Ich war nicht überrascht, so etwas Ähnliches hatte ich mir gedacht. "Ich bleibe natürlich." „Wovon willst du leben?" „Von Stangenweißbrot mit Kräutern und von der Liebe." So erlebte ich nun hautnah mit, wie nach einem knappen viertel Jahr ein Wunschtraum von uns zerplatzte, nur weil wir nicht in der Lage waren, konkret für die Umsetzung der Träume zu sorgen. Es tat weh, mit ansehen zu müssen, wie unsere Gemeinschaft auseinanderbrach. Mein Geld reichte noch für einen guten Monat, um das Zimmer unserer Kommune allein übernehmen zu können. Es gelang mir sogar Lily einmal mitzunehmen, um abseits aller Farben und Gerüche mit ihr allein zu sein. „Darf ich dich küssen" fragte ich sie und Lily nickte. Es war viel Liebe und Gefühl in dieser Annäherung, dass fern ab jeder Begierde und ungezügelter Leidenschaft stand. Sie gab mir ihren Wohnungsschlüssel, somit brauchte ich nicht den ganzen Tag auf der Bank zu sitzen. Ich besorgte etwas zu essen, sah hin und wieder nach Lily und ging anschließend in ihre Wohnung, um für etwas Atmosphäre zu sorgen. Einmal sah ich auf dem Tisch eine Kastanie liegen, allerdings war sie weiß angemalt. Lily musste die Kastanie erst gesäubert haben, dann mit einer Paste eingesprüht und anschließend weiß angestrichen haben. Sie glänzte und sah wunderschön aus. Als mein Blick zur Wand ging, sah ich dort einen gezeichneten Kastanienbaum, darunter eine Bank und darauf ein junger Mann. Kastanien sind braun und haben am Baum noch einen grünen Mantel. Lily hatte den Baum voller Kastanien gemalt, die alle braun eingefärbt waren, bis auf eine. Eine Kastanie war weiß und leuchtete so stark und ausdrucksvoll, dass ich mich geblendet fühlte. Als Lily abends nach Hause kam, zeigte sie auf die weiße Kastanie und sagte: „die braunen Kastanien sind die Menschen, die mir täglich begegnen. Die weiße Kastanie, das bist du, schön, glänzend, liebevoll und menschlich." Die Emotionen übermannten mich. Ich konnte meine Tränen nicht mehr aufhalten. Was für eine Frau.

Innere Zerrissenheit

Menschen zeigen in manchen Situationen eigenartige Verhaltensweisen. Es war keine zerstörte Freundschaft, die uns auseinandertrieb. Für meine Freunde waren es rationale Überlegungen. Ich handelte irrational bzw. emotional, ohne mich mit Zukunftsaussichten auseinander zu setzen. Ich verabschiedete meine Freunde nicht. Ich brachte sie nicht zum Bahnhof und nahm auch kein Taschentuch zur Hand, um hinterher zu winken. Vielmehr versuchte ich in Lilys kleiner Wohnung, etwas für Gemütlichkeit zu sorgen. Ich räumte ihren Tisch leer, verstaute die Farbeimer mit den Resten in große Kartons und schob diese in eine kleine Besenkammer. Ich wischte die Tischplatte ab und drückte dabei Schwamm und Lappen so fest auf die zu säubernde Fläche, dass die

Knöchel meiner Handflächen zu schmerzen begannen. Ich besorgte Blumen und etwas Zimmerschmuck. Immer wenn Lily kam, sah sie sich um, lächelte, drückte mich und sagte kein einziges Wort. Ich saß während ihrer Abwesenheit am Tisch und zählte meine paar Franken, die sich noch in meiner Geldbörse befanden. Gleich um die Ecke, nahe Lilys Wohnung war eine kleine Eckkneipe. Nach dort zog es mich manches Mal, wenn ich die Farbgerüche nicht mehr ertragen konnte. Den Wirt nannte man Jonny. Er hieß zwar anders aber seine Liebe zu John Wayne Filmen brachten ihm den Spitznamen ein. Ich konnte mich mit ihm auf Englisch etwas verständigen und er versuchte einige deutsche Worte herauszupressen. Ich fragte ihn „kannst du am Wochenende eine Aushilfe gebrauchen? Ich will ein bisschen Geld verdienen." Jonny runzelte die Stirn „Warum?" Ich erzählte ihm, dass mein Geld irgendwann zu Ende gehen würde und ich nicht gerne von den paar Franken meiner Freundin leben wollte. Mein Stolz würde mir das Verbieten. Jonny verstand mein Anliegen und meinte „„ wenn du willst, Samstag könnte ich schon jemanden gebrauchen. Viel Geld ist es nicht was du verdienen kannst." Am darauffolgenden Samstag war ich pünktlich in der kleinen Kneipe und Jonny wollte mich gerade einarbeiten. Plötzlich ging die Tür auf und Lily kam herein. Sie ging schnurstracks auf mich zu, nahm mich an den Arm und führte mich erst zur Tür, dann auf die Straße. Ich konnte gerade noch Jonny einen Blick zuwerfen und mit den Schultern zucken. „Ich will nicht, dass du hier arbeitest" sagte sie streng. Ich versuchte ihr zu erklären, warum ich das tun wollte. „Mein Geld wird knapp. Bislang konnte ich immer noch gut einkaufen. Irgendwann geht es nicht mehr und ich will nicht von deinem Spendengeld leben müssen." „Ich will es nicht" wiederholte Lily abermals streng und deutlich. „Was ich habe, gehört auch dir und das reicht." Wir gingen nach Hause aber zum ersten Mal rumorte es in meinem Kopf. Wenn ich auf der Bank unter dem Kastanienbaum saß und Lily beim Malen zuschaute, stieg eine Wärme in mir hoch, die ich nur kurzfristig genießen konnte. Im gleichen Augenblick streckte das reale Leben seine Hände nach mir aus und meine innere Stimme sagte: „Schau dir die Frau an, wie sie mit Leidenschaft und Liebe zur Materie greift, auf den Knien hockt und malt. Sie wird diesen Platz, diese Stadt und dieses Land nie verlassen. Dann schau dich nur an, wie du hier fast armselig auf einer Bank hockst und darauf wartest, dass du ihren Korb nach Hause tragen darfst. Du junger Mann, der einen erlernten Beruf ausüben könnte, der in seiner Heimat eine Perspektive hat und aus einem konservativen Elternhaus stammt. Willst du jedes Mal bei deinen Eltern anrufen und um Geld bitten? Willst du auf Dauer in einem Land bleiben, dessen Sprache du nicht verstehst und du ein Mädchen liebst, das für die Straße geschaffen ist. Ihr werdet nie ein gemeinsames Glück finden." Beim ersten Mal habe ich die innere Stimme, das Rufen aus der Tiefe überhört. Immer häufiger erreichten mich die Worte und immer mehr zweifelte ich an meinem Tun. Abends wenn ich mit ihr zusammen war und wir uns liebten, war so viel Gefühl im Spiel, das alle negativen Gedanken verdrängt wurden und die Sinne sich in Regionen befanden, die uns höchstes Glück bescherten. Am Tage allerdings, wenn ich wieder auf meiner Bank saß, kam die verhasste innere Stimme, um mich zu warnen und zu mahnen. Sie kam unaufhörlich, schleichend, leise, um dann immer schneller Kapriolen zu schlagen. Nun erfassten mich die negativen Gedanken schon abends, wenn Lily in meinen Armen lag und ich ihre Haare streichelte. Sie lag mit geschlossenen Augen auf der Seite und genoss meine Zuneigung und Liebe. Tagelang ging es zwischen Hoffen und Bangen, Zweifel und Verzweiflung hin und her. Ich musste sehr darauf achten, dass die sensible Lily meinen inneren Kampf nicht mitbekam. Wieder einmal wurde mir die Entscheidung abgenommen. An einem der darauffolgenden Tage, es war ein regnerischer Mittwoch näherte sich meiner Bank unter dem Kastanienbaum ein Mann, den ich erst erkannte, als er neben mir Platz genommen hatte. Es war Andreas. Ich war völlig überrascht „wo kommst du her?" Andreas setzte sich zu mir und antwortete „direkt aus Deutschland, ich will dich holen." „Gute Rückreise" sagte ich nur knapp und Andreas blieb unbeeindruckt. „Ich habe auch mit deinen Eltern gesprochen. Komm nach Hause, hier führt nichts zum Ziel. Ich wohne gegenüber vom Café Hugo, überleg es dir." Andreas stand auf und verschwand in der Menschenmenge. Meine innere Stimme rief „er hat recht, er hat recht." Meine innere Stimme musste mich nicht mehr ermahnen. Mein Verstand hatte die Ratschläge längst zur Entscheidung umgesetzt. Ich musste gehen! Meine Seele weinte. Immer wenn ich auf den Kastanienbaum schaute, den Lily an die Wand gemalt hatte, wurde es mir schwer ums Herz. Die weiße Kastanie glänzte an diesem Tag noch heller und schöner denn jäh, als wolle sie mir sagen „tue es nicht, tu es ihr nicht an" dann liefen mir zwangsläufig die Tränen und ich konnte feststellen, dass es für mich unmöglich war Lily meinen

Entschluss persönlich mitzuteilen. Ihr in die Augen zu schauen, ihre Tränen zu trocknen, sie in den Arm zu nehmen, um ihr vorzulügen einmal wieder zu kommen. Nein, das konnte ich nicht. So setzte ich mich an den Tisch und schrieb ihr einen Brief, der sinngemäß folgenden Wortlaut enthielt.

„Mein Schatz, ich schreibe dir diesen Brief, weil ich es nicht fertigbekomme, Dir persönlich leb wohl zu sagen. Ich liebe Dich und ich quäle mich mit den Gedanken, Dich im Stich lassen zu müssen. Zu unterschiedlich sind unsere beiden Leben, zu unterschiedlich sind die Voraussetzungen, gemeinsames Leben zu gestalten. Ich kann Dir nicht in die Augen schauen, nicht meine Tränen mit den deinen vermischen. Wenn Du diesen Brief liest, bin ich auf dem Weg nach Deutschland. Ich lasse Dich im Stich, weil ich selbst feige, unreif und nicht Herr meiner Handlung bin. Ich werde getrieben von meiner eigenen Unzulänglichkeit. Ich werde wieder kommen, vielleicht schon nächstes Jahr, vielleicht aber auch

später. Ich bleibe auf deinen Spuren und dennoch ist es ein schwacher Trost Dich irgendwann wiedersehen zu wollen.

Als ich neben Andreas im Auto saß, verließen mich die Nerven. Es war die schlimmste Fahrt meines Lebens und es sollte auch die schlimmste Fahrt bleiben. Andreas und ich sprachen kein Wort miteinander. Ich schaute immer wieder auf die Uhr. Jetzt wird sie ihren Korb nehmen, jetzt sieht sie mich nicht auf der Bank sitzen. Jetzt geht sie nach Hause und jetzt…ja, jetzt liest sie meinen Brief.

...und das Schicksal nahm seinen Lauf

In Deutschland trockneten die Tränen schnell. Mein angestammtes Leben hatte mich wieder. Die Stadt, in der ich aufgewachsen bin, die Schule, die Lehrstelle, die Kneipen und die Diskotheken, alles war mir vertraut. Viel wichtiger war die Tatsache, dass ich mich endlich wieder in meiner Muttersprache unterhalten konnte. Freunde besuchte ich, Fußball und Tennis wurde gespielt und ich bereitete mich auf meinen neuen Lebensabschnitt bei der Bundeswehr vor. Ein halbes Jahr Paris war nicht vergessen worden, es wurde allerdings von der täglichen Lebenswirklichkeit in den Hintergrund gedrängt. Meine Freunde Berthold, Peter und Martin sah ich nicht wieder. Sie hatten Göttingen verlassen. Andreas zog es nach Berlin und ich sah ihn später in der Hauptstadt wieder. Es waren die Abende und Nächte, die mir in regelmäßigen Abständen Lily ins Gedächtnis riefen. Sie hatte kein Telefon, also konnte ich sie nicht anrufen. Sie kannte meine Telefonnummer und meine Adresse nicht. Ich glaube sie wusste nicht einmal, in welcher Stadt ich lebte. Ich tröstete mich mit dem Gedanken, dass sie einen neuen Freund gefunden hatte und dass sie ihn genauso anlächeln würde wie mich damals. Nach diesem Eigentrost stutzte ich und sagte mir: „Vielleicht hat sie keinen Freund. Vielleicht hat sie auch ihr Lächeln verloren." Meine Gedanken schwankten zwischen positiven und negativen Annahmen über ihr Schicksal. Ich begann meine Formalausbildung bei der Bundeswehr und war das erste halbe Jahr kaserniert. Nach der Grundausbildung bekam ich einige Tage Heimaturlaub. Zeitgleich wurde Andreas freigestellt, weil er nach Berlin umziehen wollte. Andraes sagte zu mir: „Lass uns Abschied feiern. Lass uns paar Tage wegfahren. An der Mosel ist es doch so schön." Ich schüttelte den Kopf. „Andreas lass uns nach Paris fahren." „Du willst nach Lily schauen?" „Ich will eine gerade Linie in meinem Kopf ziehen. Ich will nicht hin und hergerissen sein, ob es ihr gut oder schlecht geht. Ich möchte sie aus der Ferne malen sehen, dann ist alles gut und wir fahren zurück." Andreas war einverstanden „„ wenn wir danach an die Mosel fahren, dann hat jeder von uns etwas davon." Wir fuhren nach Paris. Nichts konnte mich aufhalten, nachdem wir in der Nähe Montmartres gehalten hatten. Von weitem sah ich den Kastanienbaum und die Bank. Umso näher ich an die Straßenkreuzung kam, wurden meine Schritte langsamer. Sie sollte mich nicht sehen. Ich sah sie allerdings auch nicht. Ich sah auch kein

Heiligenbild. Als ich dann an der Stelle war, wo sie kniend ihre Seele in den Staub gemalt hatte, war nicht ein Zeichen an Farbresten zu erkennen. „Nun gut" sagte ich zu Andreas. „Sie hat sich bestimmt einen anderen Platz gesucht." Langsam gingen wir die Treppe zur Basilika empor, schauten von dort auf das wunderschöne weiße Paris. Es ist eine herrliche Stadt und es würde sich lohnen, immer wieder in diese Metropole zu fahren. Nun waren wir aber in einer anderen Mission unterwegs. Wir standen vor dem Haus in dem Lily wohnte. In dem Haus, in dem ich glücklich war. Es kamen Leute aus dem Haus, die ich noch nie gesehen hatte. Es war wie im Taubenschlag, Tür auf Tür zu. Damals ging es ruhiger zu und Lilys Name stand nicht an der Türklingel, jetzt war ein fremder Name dort zu lesen. Es schien als wohne sie nicht mehr hier, bei Fremden klingeln wollte ich auch nicht. Mir fiel die kleine Kneipe von Jonny ein, in der ich einmal aushelfen wollte und durch Lilys Intervention nicht arbeiten durfte. Als wir seine Kneipe betraten saßen nur zwei Männer alkoholisiert an der Theke. Jonny hatte sich richtig gefreut als er mich nach einem Jahr wieder sah. Erst strahlte er über das ganze Gesicht, dann verfinsterte sich seine Mine. „Willst du zur Lily?" Ich nickte und hielt zur Begrüßung seine Hand immer noch fest „wie geht es ihr?" „Seitdem du weggegangen bist, habe ich sie kaum noch gesehen." Jonny ließ meine Hand nicht los und zog mich in einen Nebenraum. Er drückte mich auf den Stuhl und sagte schnell, knapp und ohne Vorwarnung. „Lily ist tot." Er wusste was nun geschah. Er rief nach Andreas und beide versuchten meinen Zusammenbruch zu verhindern. Jonnys Worte wirkten so, als hätte man mir gerade ein Messer in die Herzgegend gestoßen. Mein gestammeltes „warum?" übertönte Jonny mit seiner, in diesem Augenblick furchtbaren Stimme, weil jedes Wort aus seinem Mund schmerzhaft war. „Sie war seit zwei Jahren schwer krank. Sie hatte eine Lungenschwindsucht, Tuberkulose im fortgeschrittenen Stadium. Ein halbes Jahr nach deinem Weggang ist sie gestorben. Man fand sie tot an der Kreuzung, wo sie ihr Heiligenbild zu Ende malen wollte. Sie hat ein Armenbegräbnis bekommen. Die Stadt hat dafür gesorgt. Ich weiß nicht wo ihre Asche liegt." Alles krampfte sich in mir zusammen als ich sagte. „Dann war sie schon zu meiner Zeit todkrank? In diesem Zustand habe ich sie verlassen?" Jonny nickte. „Du konntest es doch nicht wissen, sie wusste es selbst nicht, war nie beim Arzt." „Das waren die Farben, das waren bestimmt die verdammten Farben" rief ich und Jonny zuckte unwissend mit den

Schultern. „Seit deinem Weggang hat man sie nicht mehr lächeln sehen." Er redete auf mich ein und meinte, dass man Schicksalsschläge ertragen müsse und dass ich mir keine Vorwürfe machen sollte. „Doch" rief ich verzweifelt „du sagst doch selbst, dass man sie seit meinem Weggang nicht mehr hat, lächeln sehen. Vielleicht hat mein Weggang ihren Tod beschleunigt? Hätte ich von ihrer Krankheit erfahren, wäre ich bei ihr geblieben und wenn ich von ihrem Spendengeld hätte leben müssen. Ich hätte ihr Liebe gegeben und sie wäre in Liebe von uns gegangen." Man kann sich kaum vorstellen, wie es in mir ausgesehen hatte. An diesem Abend betrank ich mich fast bis zur Bewusstlosigkeit. Es war gut, dass Jonny noch ein Gästezimmer besaß. Am nächsten Tag gingen Andreas und ich zu der Kreuzung an der Lily ihr Heiligenbildnis nicht mehr zu Ende malen konnte. Wir legten dort

eine Rose nieder und ich schrieb mit
Kreide „ich war deine und du warst
meine weiße Kastanie."

Epilog

Diese Geschichte ist authentisch. Sie gehört zu meinem Leben und ich habe sie zum ersten Mal aufgeschrieben. Das nachfolgende Gedicht entstand einige Jahre später. Einundfünfzig Jahre sind seit meiner Pariser Zeit vergangen und ich konnte Lily (Name geändert) nie vergessen, weil ich auch meine damalige Feigheit im Nachhinein für unentschuldbar hielt und nicht vergessen konnte. Wenn ich auf den Lesungen das Gedicht vorgetragen habe, musste ich die Geschichte in kurzen Sätzen erzählen. Wenn ich privat werden darf? Es gab in meinem Leben zwei Frauen, die ich mit einer starken inneren Verbundenheit wirklich sehr geliebt hatte, das war Lily und meine Frau Inge. Beide sind nicht mehr am Leben. Es fühlt sich an, wie eine spätere Bestrafung. Ich weiß auch, dass Einige vielleicht lächeln werden und meinen, dass solche Geschichten zum Leben dazugehören. Meine Antwort ist: „Jeder Mensch reagiert auf manche Situation anders und jeder Mensch hat in seinem Leben eine Phase erlebt, die ihn sein Leben lang beschäftigen wird, mag es für andere noch so klein sein.

Die Straßenmalerin

Sitzt du des Nachts auf einer Bank,

dann siehst du sie vorübergehen.
Gerade an deiner Bank entlang,
kannst du kurz ihr Antlitz sehen.
Ihr langes Haar hebt sich im Wind,
frieren muss sie, es ist kalt.
Wie ein Wiesel läuft geschwind,
das Mädchen durch den dunklen
Wald.
Sie schaut dich auf der Bank nicht an,
sie schenkt dir keinen einzigen Blick.
Dein Auge hängt noch hintendran,
da bleibt das Dunkel nur zurück.
Schaue nur genauer hin,
das ist die Straßenmalerin.
Sie liebt das Dunkel einer Nacht,
früh morgens dort hindurchzugehen.
Sie kann mit voller Farbenpracht,
früh auf ihrer Straße stehen.
Denn sie hat sich losgesagt,
von gesellschaftlicher Pflicht.

Sie geht durchs Leben unverzagt,
und hört die vielen Störer nicht.
Eilt der Tag mit Licht herbei,
sitzt sie in Straßen und in Gassen,
Um beim ersten Hahnenschrei,
zu warten auf die Menschenmassen.
Schaue nur genauer hin,
das ist die Straßenmalerin.
Dann malt sie in Farbenpracht,
ihre Seele in den Raum.
Was sie kunstvoll dargebracht,
entstand zuvor in ihrem Traum.
Ein alter Blechtopf steht daneben,
er füllt sich rasch mit kleinem Geld.
Ein bisschen mehr zum Weiterleben,
ein Tag länger auf der Welt.
In ihren Augen bricht das Licht,
die Schöpfung gibt ihr einen Kuss.
Sie sieht die vielen Menschen nicht,
weil sie schneller malen muss.
Schaue nur genauer hin
das ist die Straßenmalerin.

Hat sie ihr Werk zu Ende gebracht,
ergreift sie hastig noch ihr Geld,
und verschwindet in der Nacht,
die sie fest umschlungen hält.
Sie hustet stark, kein Arzt ist nah,
kein Mensch reicht ihr die Hände.
Niemand ist so da,
der hilfreich bei ihr stände.
Du möchtest sie gern wiedersehen,
des Nachts auf deiner Bank?
Doch niemand wird vorübergehen,
an deiner Bank entlang.
Du wirst sie irgendwann beklagen,
So wie sie lebte starb sie auch.
Man hat sie kürzlich erst begraben,
unter einen Brombeerstrauch.
Schaue nicht mehr weiter hin,
Es war die Straßenmalerin.

© BR